SILVIE

SILVIE.

...... Scribere jussit amor.

Ovid.

A LONDRES,

M. DCC. XLIII.

A MADAME ***.

JE vous ai obéï, *Madame*; *j'ai tiré de la Comedie d'*AMINTE *l'Histoire de* SILVIE. *J'ai emprunté de ce charmant Ouvrage ce qui m'a paru plus digne de vous être offert; j'ai eu la hardiesse* *d'y joindre quelques fictions, que le desir de vous amuser, sans le secours du Tasse, m'a sans doute inspirées.*

L'Histoire d'Alcandre, celle de Lydie, le Temple de l'Amour, sont une partie des idées riantes que j'ai puisées près de vous; si vous les adoptez mon projet est rempli. Est-il une occupation plus agréable que de chercher à vous plaire, & rien de plus flateur que d'y réüssir?

SILVIE.

SILVIE,

PREMIERE PARTIE.

LES Oiseaux ne chantoient point leurs plaisirs, les Mortels ne commençoient point à se plaindre de leurs peines ; rien n'annonçoit encore le lever de l'aurore : Il étoit l'heure où tout repose, jusqu'aux amans malheureux, lorsque dans un Hameau de l'Arcadie, la Bergere Silvie s'éveilla. Les Amours s'éveillerent avec elle : Elle étoit la plus belle de cette heureuse contrée ; mais occupée seulement à prendre des oiseaux dans ses filets, elle s'embarrassoit peu des chaînes qu'elle faisoit porter : Elle méprisoit les charmes que la nature & l'amour lui avoient prodigués, pour le supplice de ses compagnes, & le malheur des jeunes bergers. Elle les blessoit, & sans chercher à plaire, elle remplissoit l'Arcadie d'amans & de malheureux.

Le premier soin de ses compagnes est de mettre en ordre leurs charmes préparés par un sommeil tranquille. Silvie saisit un Javelot, prend son Arc & ses fléches ; elle sort, & les Graces qu'elle n'a point appellées, s'empressent, & volent sur ses pas.

Elle court chez Dafné ſon amie : Cette Nimphe dont le printems eſt déja loin, goûtoit paiſiblement les douceurs du repos. Les Songes voltigeoient autour d'elle, ils lui préſentoient les riantes images des plaiſirs qu'elle n'a plus, mais dont le ſouvenir la flatte encore. Silvie écarte cette troupe légere: Dafné qui voit fuir le ſeul bien qui lui reſte, rappelle en vain les Songes qui s'évanoüiſſent.

Elle reconnut Silvie à ſon impatience & à ſes reproches. Quelle pareſſe ! dit cette Nimphe, eſt-ce ainſi que tu te prépares à célébrer la fête de Diane ? La chaſſe va commencer, l'heure du rendez-vous s'approche, je vais t'attendre à la Fontaine de la Déeſſe. A ces mots elle diſparoît.

Dafné incertaine, & prête à se rendormir se souvint qu'Aminte devoit la venir consulter. Cette idée la réveille; elle se hâte, & employe autant d'art à voiler ses défauts, qu'elle prenoit autrefois de soin à mettre dans tout leur jour des charmes que le temps a détruits.

Cependant Aminte qui brûle pour l'indifferente Silvie, venoit implorer le secours de Dafné, & l'amour dans ce même instant se préparoit à vaincre la fierté d'une Nymphe rebelle.

Ce Dieu vole, & précede Aminte. Il se présente à Dafné. La Bergere se croit trompée par un songe: elle voit chez elle un volage dont elle a pleuré l'éloignement, qu'elle croyoit éternel, elle se félicite de son retour, elle s'aveugle même au point d'imaginer qu'il revient auprès d'elle de bonne foi. Elle ignoroit que l'Amour & le Temps ne retourne jamais ſur leurs pas.

Bergere, lui dit le Dieu, me reconnoiſſez-vous ? Oüi, je ſuis ſûr que vous n'avez point oublié mon zéle, mes ſervices, ma complaiſance. Vous ſçavez, ſi jamais j'ai refuſé de bleſſer ceux dont vous aviez prononcé l'arrêt. Hélas! je ſerois encore occupé de cet agréable ſoin, ſi mon ennemi cruel, ſi le temps ne m'avoit éloigné ; mais s'il a pû m'obliger à fuir, il ne peut m'empêcher de rappeller avec plaiſir les heureux momens dont j'ai joui près de vous. Je garde avec cet aimable ſouvenir un regret éternel, & je connois votre cœur trop ſenſible & trop tendre pour n'être pas aſſuré de votre reconnoiſſance. Eh bien, il eſt un moyen de payer les ſervices que je vous ai rendus. Auriez-vous penſé pouvoir jamais vous acquitter avec l'Amour?

Silvie a fait naître dans le cœur d'Aminte une ardeur qu'elle refuſe de partager : Ce Berger vient implorer votre ſecours. Dafné, de grace, ſi vous aprîtes de moi à encourager les Bergers timides, à retenir ceux que leur vivacité rendoient trop dangéreux, ſi vous avez ſçu par mes ſoins, rappeller par un caprice des amans prêts à briſer leurs chaînes, attacher par des rigueurs ceux que les faveurs vous auroient fait perdre, daignez guider Aminte, daignez lui apprendre ......

Dafné ne put cacher plus long-temps ſon dépit. Elle jetta ſur l'Amour un regard furieux, elle se retira. Le Dieu sourit, & bravant un courroux inutile, il prit la figure de cette Bergere, & attendit qu'Aminte vînt lui confier des peines, qu'il connoissoit déja, puisqu'il les avoit causées.

Aminte arrive. Il raconte par ordre son amour, sa timidité, les rigueurs de Silvie. Eh ce n'est point (lui dit la feinte Dafné) par des soupirs ni par des larmes que vous verrez adoucir vos tourmens. Un amant timide & triste touche rarement, ennuie presque toujours. L'amour m'inspire un moyen plus sûr: votre bonheur va dépendre de vous, mais profitez des instans, ils sont chers: Silvie est allée à la fontaine de Diane, elle est seule..... Eh bien (dit Aminte)........ Faut-il vous en dire davantage, reprit le Dieu ? Allez, volez à la fontaine ; abordez Silvie. Que ses premiers reproches ne vous en imposent point. Elle paroîtra courroucée ; que votre amour vous excuse. Attendez à ses genoux que sa surprise soit passée, que sa colere soit rallentie. Parlez alors de ce que vous ressentez. Peignez avec vivacité votre bonheur, que le plaisir dont vous jouirez auprès d'elle excite ses desirs, lui fasse envie. Versez des pleurs, mais que ce soit des larmes de tendresse & non des expressions de tristesse & de timidité. N'attendez pas qu'elle vous ait pardonné pour mériter encore qu'elle s'offense. Une nouvelle faute fera échapper l'idée de la premiere. Une troisiéme pourroit assurer votre bonheur.....

L'esperance, les desirs attentifs & soumis aux ordres du jeune Dieu, volerent alors dans le cœur d'Aminte. Il remercie à peine Dafné, & plein d'un feu qu'il ne pouvoit contenir, il prend le chemin de la fontaine.

A quelque distance du hameau, s'éleve un bosquet formé par la seule nature. C'est un asyle assuré, où les amans discrets jouissent d'un bonheur, qu'augmente le mistére. C'est une retraite solitaire, où ceux qui sont malheureux viennent cacher des plaintes, qu'ils n'osent hazarder devant celles qui les causent. Au milieu de ce bosquet, est la fontaine de Diane. On y arrive par cent détours; mais le Berger aimé trouve bientôt la route la moins longue, pour y rejoindre sa Bergere.

Aminte empreſſé n'en ſuivoit aucune : il marchoit avec précipitation : il croyoit ne jamais arriver. Que je crains, diſoit-il, que Silvie n'ait déja quitté la fontaine! Oui, je ſerai aſſez malheureux pour ne l'y plus rencontrer.... Ah! ſi je la trouve encore!.... Dafné m'aſſure qu'elle eſt ſeule... Je ne me ſens plus cette crainte qui a contribué ſans doute à lui donner plus de ſévérité qu'elle n'en vouloit avoir.... Eh! comment aurois-je pû obtenir ce que je ne lui ai jamais demandé?... J'ai toujours tremblé devant elle.... Quel aveuglement!.... Eſt-ce un crime que d'aimer?.... Pourquoi redouter une jeune & craintive Bergere?... Non, non, la timidité faiſoit mon malheur. Toute ma crainte a diſparu. Silvie, lui dirai-je....

Dans ce moment il l'apperçoit.... Dieux! Ne m'a-t-elle pas entendu! (dit-il en baissant la voix.) Il se cache aussi-tôt, & laissant échapper des momens, dont il venoit de concevoir le prix, tous ses projets se bornerent à l'admirer, & se taire.

Silvie n'eut garde d'imaginer près d'elle, un amant qui prenoit tant de soins à demeurer caché. Elle étoit assise sur le gason qui entoure la fontaine; elle tenoit dans sa robe des fleurs qu'elle venoit de cueillir; elle se panchoit pour se mirer; elle renoua ses cheveux qui flottoient sur ses épaules, & quoiqu'elle n'eût aucun dessein, elle vit avec plaisir qu'ils étoient bien rattachés. Elle consulta la Nayade sur l'arrangement de son voile; elle choiſit enſuite les fleurs les plus fraîches, elle les porta ſur ſa tête, à ſon ſein; elle les regarda & ſourit. Elle étoit flattée de remporter l'avantage ſur des fleurs qui ne faiſoient que d'éclore.

Ah! dit Aminte, elle ſe pare, elle cherche à plaire. Quoi, cette indifférente Silvie ſçait qu'il y a du choix dans les fleurs dont elle orne ſa tête! Que je ſuis malheureux! Elle aime ſans doute, & ce n'eſt pas pour moi qu'elle prend tous ces ſoins, puiſque l'ingrate me fuit.

Aminte devoit-il ignorer que le deſir de ſe plaire à ſoi-même, naît dans le cœur d'une jeune Bergere, avant qu'elle ait formé d'autres deſirs.

La jalouſie s'empara d'Aminte; & cette nouvelle paſſion, auſſi contraire

à

Silvie et Daphné

à ſes deſſeins, que la timidité, lui rendit, mais en vain, toute la vivacité que lui avoit inſpiré l'amour. Il réſolut de ſe montrer, pour reprocher à Silvie ſon injuſtice & ſa cruauté ; mais l'Occaſion, qu'il ne ſongeoit point à retenir, déployoit déja ſes aîles. En vain l'Amour cherchoit à l'arrêter. Dafné arrive, & ſa préſence la fit diſparoître, comme un ſonge léger, dont il ne reſte qu'un inutile ſouvenir.

Aminte, rappellé à lui-même, vit diſſiper le charme qui l'avoit ſurpris. Il ſentit, pour augmenter ſa douleur, combien il étoit loin de perdre cette timidité qu'il croyoit la cauſe de ſes malheurs. Il blâma ſa foibleſſe, regretta l'occaſion qui fuyoit, & cependant le peu de momens qui lui reſtoient encore s'échapperent ; les deux Bergeres se leverent, elles disparurent. Bientôt elles arriverent au rendez-vous.

Presque tous les Bergers y étoient déja rassemblés. L'un d'eux se plaignoit de l'indifférence d'une Bergere, dont il avoit été tendrement aimé. Elle étoit présente, elle ne put soutenir ce reproche, son trouble étoit capable de la décéler. Le Berger s'en apperçut, & voulant profiter d'un instant favorable : Ecoutez (dit-il) & tremblez en apprenant le sort d'une perfide amante.

Lydie, Princesse d'Elide, étoit élevée dans un Palais bâti sur le bord de la mer. Un Génie, de ceux qui sont chargés du soin des eaux, l'apperçut, & brûla de la posseder. Occupé de cette penſée, il rendit la mer plus calme qu'à l'ordinaire; il ne permit qu'aux Zéphirs d'en troubler la tranquillité. Ils ſe jouoient par ſes ordres, & faiſoient oublier le riſque que l'on court en ſe livrant à quelque choſe d'auſſi léger.

Lydie, entraînée par un charme inconnu, vint ſe promener au bord de la mer. Le flot conduiſit près d'elle une barque légere. La Princeſſe courut à ce nouvel objet; elle entra dans la barque, elle joua avec les rames. L'eau qu'elle agitoit l'entraînoit inſenſiblement: cependant les Zéphirs, pour ſervir l'amoureux Génie, déplioient la voile; elle ceda à leurs efforts, la barque obéit, & Lydie ſurpriſe, ſe repentit de s'être imprudemment expoſée. Bien-tôt le vent augmente, les vagues s'élevent, la Princeſſe effrayée appelle ſes compagnes, on ne l'entend plus ; la barque, jouet des vents, s'éloigne rapidement, tourne & s'enfonce dans les eaux.

Saphir inquiet, allarmé, vole au ſecours de Lydie : il la reçoit dans ſes bras, & deſcend dans ſon Palais avec ce précieux fardeau.

Délivrée d'une mort affreuſe, Lydie fut ſenſible aux ſoins empreſſés du Génie. Il lui fit l'aveu de ce qu'il reſſentoit. La jeune Princeſſe fut attendrie. Le Génie prit pour de l'amour ce qui n'étoit que reconnoiſſance. Il ſe crut aimé. Qu'il eſt difficile de ne pas croire ce que l'on deſire ardemment ! Aveuglé par ſa tendreſſe, entraîné par ſes deſirs, il ſe félicitoit d'avoir inſpiré une paſſion auſſi vive que celle qu'il reſſentoit lui-même.

Son amour augmenta, la reconnoiſſance de Lydie s'affoiblit. Ce ſentiment peut occuper une place dans le cœur, mais l'amour ſeul a droit de le remplir. La jeune Princeſſe s'apperçut du vuide qui ſe formoit dans le ſien; les plaiſirs ne purent ſoutenir ſa vivacité. Le Génie ne commandoit que pour elle, il employoit ſon pouvoir à la prévenir. Elle ſe laſſa de ne pouvoir plus deſirer: l'ennui ſe fit ſentir, la langueur s'empara de ſon ame, & la contrainte qu'elle s'impoſoit par reconnoiſſance, rendit Saphir gênant & importun.

Elle s'étoit retirée un jour ſur la terraſſe du Palais. Elle entendit un bruit ſourd. La mer venoit d'être agitée par un violent orage. Lydie leva les yeux.

Au milieu des débris d'un naufrage, un jeune homme qui luttoit contre les flots, fixa ſon attention & l'intereſſa. Elle oublia de rêver ; elle fit des vœux pour cet infortuné, mais les vents & la mer inſenſibles, l'éloignoient du bord qu'il s'efforçoit de gagner. Lydie émuë, entraînée, courut au Génie. Elle lui demanda de ſauver un malheureux qui périſſoit.

L'amour aveugle ne ſçait rien refuſer. Saphir ordonna d'aller promptement au ſecours du jeune Olinde. On l'amena, & Lydie vit diſſiper ſa langueur & ſes ennuis.

L'étonnement où fut Olinde de ſe voir tranſporté dans le Palais du Génie, céda bien-tôt à l'admiration que lui inspirerent les charmes de Lydie. Il se prosterna devant elle, il la prit pour Thétis. Elle s'apperçut de sa méprise. Ce n'est pas à moi (lui dit-elle) à qui vous devez ces hommages. Saphir que vous voyez, est le Génie bienfaisant, maître de ce Palais. Je n'ai d'autre mérite que de l'avoir interessé à votre sort. Comme vous je lui dois la vie. Unissons-nous pour lui marquer notre reconnoissance.

Olinde détrompé, passa du respect à la tendresse. Lydie éprouvoit le même sort. Les bienfaits nous lient à ceux qui les reçoivent de nous; d'ailleurs une conformité d'avantures, un mouvement qu'elle ne connoissoit pas, l'ennui que lui causoit le

Génie, tout contribuoit à former entre Olinde & Lydie une liaiſon funeſte.

Bien-tôt la jalouſie naiſſante de Saphir augmenta la paſſion des deux jeunes amans. Ce tendre Génie par ſon empreſſement, ſon inquiétude, & ſes reproches, rendit Olinde plus cher à la perfide Lydie, & leur devint odieux lui-même. Ils ne s'occuperent plus qu'à le tromper, & Saphir employa tous ſes ſoins à percer un myſtere qui troubloit ſon bonheur.

Il prétexta des ſoins qui devoient l'éloigner. Le regret qu'il fit paroître trompa l'impatiente Lydie. Elle crut ſon voyage certain : elle le deſiroit. Elle brûloit d'entendre Olinde lui confirmer ce que ſes regards lui avoient dit mille fois. Le Génie disparut.

Il avoit ordonné des fêtes. Elles commencerent aussi-tôt qu'on le crut éloigné. Lydie s'excusa d'y assister. Il étoit naturel qu'elle parût triste de l'absence de Saphir. Elle se retira dans les jardins, & s'enfonça dans un bosquet. Un lit de gason s'offrit à ses yeux, elle s'y coucha. L'amour la rendit distraite. Olinde l'avoit suivie, il se mit à ses genoux. Lydie interdite, embarrassée, feignit de ne l'avoir point apperçû. Olinde rassuré par la rêverie de Lydie, inspiré par une passion vive, prévint par de tendres caresses l'aveu qu'il méditoit, & la Princesse connut bien-tôt avec quelle rapidité, un amant qu'on autorise, passe du respect à la témerité.

Elle voulut être févere, il n'en étoit plus temps : fon vifage n'en impofoit plus, fes regards la déceloient ; fon émotion, fa foible réfiftance, la tendreffe victorieufe d'Olinde, tout confpiroit à fa défaite. Il n'étoit plus à fes genoux. Conduit par fes defirs, trop fûr de fon bonheur, il fe hâtoit d'affurer fa victoire.....

Dans cet inftant le gafon trembla, les arbres frémirent, le Génie parut.

Ses regards annonçoient fa vengeance, & les deux perfides amans, immobiles de furprife & d'effroi, attendoient à fes pieds le coup qu'ils méritoient. Saphir prêt à frapper, jetta les yeux fur l'ingrate Lydie. Son défordre laiffoit échapper des charmes dont le foible Génie ne connoiſſoit que trop l'empire. Un moment le déſarma. Dieux! s'écria-t-il, qu'elle eſt belle! La triſteſſe ſucceda à ſa fureur, il gémit de ſon malheur.

Il paſſa quelques inſtans dans un abbatement profond; puis appellant ſes fideles miniſtres: allez (dit-il) ôtez de devant moi des objets funeſtes. Que ne puis-je éloigner auſſi de mon cœur les triſtes mouvemens qu'ils y ont fait naître!

Trop ingrate Lydie, vous faites le malheur de qui vous a ſauvé la vie. Et vous, perfide Olinde, ſi vous vous intereſſez à ſes jours, fuyez-la, ne la revoyez jamais.

A l'inſtant Lydie fut tranſportée en Elide: Olinde fut enlevé du Palais du

Génie; mais plus ſenſible à ſon amour qu'aux menaces de Saphir, il ſe hâta de rejoindre la Princeſſe, & ces amans goûterent des plaiſirs que les menaces de Saphir ſembloient rendre plus vifs. Le Génie furieux de cette nouvelle injure, ne put retarder ſa vengeance. Il fit aborder en Elide une troupe de pirates. Le Palais de Lydie fut inveſti: Olinde courut à ſa défenſe: l'amour le conduiſoit, il ſe croyoit invincible.

Cependant Lydie le vit tomber ſous les coups de ſes ennemis, & cette malheureuſe Princeſſe ſe précipita pour ne lui pas ſurvivre.

Cette Hiſtoire déplut à Silvie, ſans qu'elle voulût en démêler la cauſe: heureuſement pour elle les cors de chaſſe qui donnoient le ſignal, interrompirent

Lidie se precipite.

les applications qu'on auroit pû faire. Cette Bergere se léve, & saisissant son javelot. Ah! (dit-elle) enfin voici la chasse qui commence. Aussi-tôt elle sort, ses compagnes la suivent, & les Bergers s'avancent sur leurs pas.

Aminte, bien éloigné de cette vivacité, n'avoit pû quitter qu'avec une peine extrême & le bosquet & la fontaine. Il arriva tristement au rendez-vous, lorsque tout le monde en fut parti. Ce malheureux & timide Berger sembloit destiné à ne pas profiter des occasions favorables à son amour, ou bien à les manquer d'un moment : c'est beaucoup : en amour un instant décide.

Tirsis l'apperçut, il retourna sur ses pas & se hâtant de le joindre : ne peux-tu (lui dit-il) être amoureux sans être triste?

Après avoir goûté les charmes d'une tendresse réciproque, je souffre sans chagrin l'indifférence de Lisis. Je dois à l'Enchanteur qui demeure dans cette solitude, la tranquillité dont tu me vois jouir. C'est par ses conseils que l'amour n'est pour moi qu'un amusement. Les Bergeres (me disoit-il) sont d'un naturel changeant ; elles s'irritent, s'appaisent, desirent, regrettent : Tout cela presqu'au même instant. J'étois désespéré, comme tu parois l'être, lorsque je le consultai. Je voulois abandonner le hameau, je voulois aller à la ville, voici ce qu'il me dit encore:

Tirsis, tout est enchanté dans ce séjour. Le clinquant y sert autant que l'or pur. L'on y possede le talent bizarre de parler beaucoup sans rien dire : les murs entendent, & répettent plus qu'on ne leur a confié : les hommes & les femmes ſont maſqués. Tu ne connoîtras perſonne, & tu ſeras connu de tout le monde. Les habitans ſont des Magiciens habiles. Ils parlent toute ſorte de langues, ils ſçavent tout ſans avoir rien appris. Tu deviendras comme eux, & tu ne verras bien-tôt plus que des Palais habités par des Dieux.

Juge, Aminte, ſi j'ai perſiſté dans l'envie que j'avois d'aller à la ville. Non, non. J'aime bien mieux vivre avec des Bergers, qu'avec ces Héros & ces Dieux. Une ſimplicité remplie de charmes fait à préſent mon bonheur.

L'idée d'un état heureux & tranquille excita les deſirs d'Aminte. Il ſoupira. Ah! (dit-il) conduis-moi chez Alcancandre, il me rendra peut-être mon indifférence & mon bonheur. Ils prirent alors une route qui conduisoit à la demeure du Sage ; & Tirsis, pour distraire Aminte, lui raconta l'histoire de l'Enchanteur.

Alcandre entra un jour dans le Temple de l'Hymen. Il y vit une jeune citoyenne qui se plaignoit aux Dieux de l'injustice de ses parens. Elle fondoit en larmes. Ils vouloient l'unir à Pisistrate, dont le caractére & la figure n'avoient rien que d'odieux ; mais il étoit le plus riche habitant de sa ville.

Le Sage plaignit cette jeune victime. Il fut sensible à sa douleur, il s'intéressa vivement à ses peines ; il ne vit point impunément couler de si belles larmes.

L'Amour

L'Amour, pour triompher, ſe ſert du chagrin & des pleurs, comme de la joie & des plaiſirs. Alcandre réſolut d'épargner à l'aimable Hellenie, un engagement, qui auroit fait ſans doute, le malheur de ſes jours. Il ſouhaita de lui en offrir un, qui pouvoit le rendre heureux lui-même le reſte de ſa vie.

C'étoit l'occaſion de mettre à profit les connoiſſances profondes qu'il avoit acquiſes. Il s'agiſſoit de ſecourir l'innocence opprimée, & de faire ſon propre bonheur.

Il ſe tranſporta ſur le ſommet des montagnes. Il chercha par tout une plante dont la vertu pût le rendre inviſible; mais cette herbe admirable ſe cache avec ſoin. Elle ſemble craindre que les mortels peu vertueux ne l'employent à des usages criminels. C'est dans l'Empire de Neptune qu'elle se croit à couvert de leurs recherches. Cependant les Tritons la connoissent, & l'amoureux Alphée la dérobe, & s'en sert pour aller, sans être vû, se jetter dans les bras de la tendre Aréthuse.

Alcandre, que l'Amour conduisoit, connut bien-tôt où il devoit trouver cette herbe enchantée. Il s'ouvrit une route jusqu'au fond de la mer. Il se saisit du trésor qu'il cherchoit, & sortit du sein des eaux en même temps que l'astre du jour.

Ce jour étoit celui que redoutoit la jeune Hellenie; mais dans l'instant que Pisistrate alloit recevoir du Grand Prêtre une permission que les Dieux ne lui donnoient pas ſans doute, elle ſe vit enlevée, ſans ſçavoir ſi elle devoit ſe féliciter du malheur qu'elle évitoit, ou craindre ceux qu'elle ne connoiſſoit pas encore.

Le moment qui mit l'aimable Citoyenne entre les bras d'Alcandre, protecteur de ſa vertu, ſembla le rendre lui-même coupable. Il s'étoit ſenti intrépide pour la ſauver; il devint timide pour ſe faire connoître. Il n'oſoit ſe montrer aux yeux de celle qu'il venoit de ſouſtraire au malheur qui la menaçoit. Cependant il la tranſporta dans une maiſon de campagne, où par ſes ſoins, rien n'avoit manqué juſqu'alors, que la belle Hellenie.

Elle s'étoit évanoüie dans ſes bras. Quel heureux moment pour un amant timide ! Elle ſe réveilla pour douter ſi ce qu'elle voyoit n'étoit pas un ſonge.

Suis - je donc échappée véritablement des mains de Piſiſtrate? (s'écria-t-elle.) Alcandre parut alors, mais comme un eſclave ſoumis, il s'avoüa coupable d'avoir oſé la ſervir ſans ſon aveu. Il évita par cette adreſſe les premiers reproches. Il fit une peinture vive des vices de Piſiſtrate, & laiſſa à Hellenie le ſoin de faire une comparaiſon, qui tournoit toute à ſon avantage. Il haſarda de découvrir la cauſe des ſoins qu'il avoit pris ; mais il inſiſta plus ſur les graces d'Hellenie que ſur ſon amour, dont la violence auroit pû l'offenſer. Il ménagea ſa pudeur, & conduiſit adroitement la naïve Hellenie à haſarder une réflexion, que l'amour compriт au même inſtant qu'elle l'eut faite.

Pourroit-il y avoir du mal (diſoit-elle) à être aimée d'un Citoyen vertueux, qui ſe tient dans les bornes les plus étroites de la ſoumiſſion & du reſpect ? C'étoit là le ſignal qu'attendoit Alcandre pour commencer à y manquer. Il n'avoit oſé parler de deſirs; il les peignit avec vivacité : il les reſſentoit, bien-tôt il les fit naître.

Hellenie avoit un penchant naturel pour la tendreſſe. Trouve-t-on des cœurs qui en ſoient exempts ? Alcandre le ſçut mettre à profit. Il la détermina à ſe laiſſer entraîner par une pente ſi douce. Il lui évita les combats de la réfléxion. Les Plaiſirs vinrent à ſon ſecours : Alcandre embellit à ſes yeux en l'intereſſant davantage. Il devint plus aimable en perdant ſa timidité.

Il enchanta Hellenie. Elle avoit commencée par craindre Alcandre, elle finit par l'aimer. Que l'amour eſt doux pour un cœur qui n'a encore reſſenti que la haine! Cher Alcandre, c'eſt à vous ſeul que je dois la félicité dont je joüis. Hélas! avant de vous connoître, j'ignorois qu'on pût être heureuſe, je la ſuis, car vous m'aimez.... Mais auſſi n'eſt-ce point un ſonge? Dieux! ſi c'en eſt un, avant qu'il finiſſe, ôtez-moi la vie.

Alcandre la raſſuroit. Il vouloit qu'elle ſe crût plus heureuſe qu'on ne l'eſt par le ſecours d'une douce illuſion; lorſqu'un bruit affreux ſe fit entendre.

Hellenie ſembla s'éveiller. Les Amours effarouchés s'envolerent; elle ne trouva plus autour d'elle que les Soucis & la Crainte.

Piſiſtrate après avoir rompu les portes, entra eſcorté de gardes, & accompagné d'un des Juges du peuple. Il ſomma Alcandre de venir ſe juſtifier devant ſes Citoyens du crime dont il paroiſſoit chargé.

Alcandre parut intrépide, & ſans avoir recours à la puiſſance de ſon art, il ſe fonda ſur la juſtice de ſes Citoyens, & plus encore ſur la droiture de ſon cœur. Il ſe préſenta devant le peuple: Hellenie l'accompagnoit les yeux baiſſés, dans une contenance moins aſſurée, que ſi elle eût été abſolument innocente.

Pisistrate plaida sa cause avec emportement. La colere dont il étoit troublé l'empêcha de cacher les vices qui devoient le faire condamner. Il parut brutal, furieux. Il traita sa maîtresse aussi mal que son rival: il insulta les Dieux. Il dicta au peuple l'arrêt qu'il devoit prononcer. Il indisposa ses Juges.

Alcandre, au contraire, se montra innocent dans ses vûës, seulement occupé du bonheur d'une Citoyenne. Par ce trait il intéressa chacun de ses Juges en particulier. Il s'avoua coupable de l'enlevement dont il étoit accusé, & demanda d'en être puni. Hellenie ne put résister à sa tendresse. Ah! si quelqu'un doit être puni, c'est plûtôt moi (dit-elle;) épargnez Alcandre aux dépens même de mes jours. Je déteste

Mort de Pisistrate.

Pisistrate.... Ses sanglots l'arrêterent, & ses pleurs parlerent pour elle.

Le peuple s'attendrit. Dans ce moment favorable le pere & la mere d'Hellenie percerent la foule, & vinrent implorer les Juges en faveur de leur fille. Pisistrate sentit son désavantage ; il ne connut plus d'autres Juges que la vengeance & la fureur. Il fondit sur Alcandre, qui, pour sauver sa vie, se contenta de lui arracher son épée ; mais Pisistrate conduit par les justes Dieux, se précipita avec fureur sur son rival, & se perça de ses propres armes.

Alors Alcandre se trouva coupable de la mort d'un Citoyen, dont les parens poursuivoient la vengeance. Les Juges pardonnerent à Hellenie. Ils témoignerent assez qu'ils pardonnoient aussi à Alcandre ; mais pour appaiser la famille & les manes de Pisistrate, ils le condamnerent à un éxil qui est sur le point de finir.

Ce Sage, peu sensible à cette injustice, souffriroit patiemment ses peines, s'il n'étoit éloigné d'Hellenie ; mais la douleur d'être absent de cette tendre amante, dont il est adoré, lui paroît aussi violente, que celle que tu ressens de n'être point aimé de Silvie, que tu peux voir à tous les momens.

SILVIE,

SECONDE PARTIE.

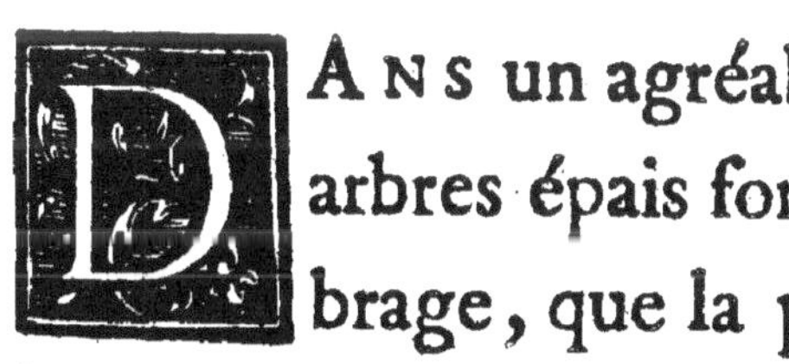

DANS un agréable valon, des arbres épais forment un ombrage, que la plus vive chaleur ne sçauroit pénétrer. Dans cette délicieuse solitude s'éleve un côteau que mille arbrisseaux couvrent de leur verdure. Tous les oiseaux d'alentour viennent y chercher l'abri. Un ruisseau se précipite au pied de la coline; les

Nymphes folâtrent ſur les fleurs qu'il fait naître, & le ruiſſeau curieux, retourne pluſieurs fois ſur ſes pas, pour être témoin de leurs jeux.

C'eſt dans ce lieu qu'eſt la demeure d'Alcandre. Il y paſſe ſes jours à ſouhaiter de revoir Hellenie.

Aminte ne fut pas plus ſenſible que lui aux charmes de cet heureux ſéjour. Il ne vit ni ruiſſeau, ni ombrage : il n'entendit point le concert des oiſeaux : Il jetta autour de lui un regard inquiet. Il apperçut Alcandre, & ſe hâta de le joindre.

A ſa triſteſſe, à ſa langueur, l'Enchanteur connut qu'il aimoit, & qu'il étoit malheureux. Bien-tôt il fut affermi dans le ſoupçon qu'il avoit conçû. Le Berger épancha ſon cœur, il gémit, il accusa Silvie. Ils se plaignirent ensemble d'un Dieu, qui cependant est le Dieu des plaisirs, comme celui des peines ; mais il ne fait que des ingrats. Il est obsedé de plaintes, de murmures. Jamais on ne le remercie de ses faveurs.

J'étois si jeune encore (dit Aminte, voyant qu'Alcandre l'écoutoit) que je ne pouvois détacher les fruits des arbres de nos vergers, lorsque je commençai d'aimer Silvie.

Nous demeurions dans le même hameau, nos jeux étoient les mêmes, & nos peines étoient communes. J'étois heureux alors ; je ne connoissois pas de plus grand bonheur que l'amitié. Mais on passe aisément de ce sentiment à l'amour. Que cet état tranquille d'ignorance & de bonheur dure peu! Il ſe diſſipe, il s'évanouit comme un léger nuage au lever de l'aurore. Je ſentis naître dans mon cœur des mouvemens que je n'y avois pas encore découverts. J'ignore quel principe les produit. Ils reſſemblent à ces fleurs qui naiſſent dans nos prés ſans culture.

Je crus voir en ſonge un enfant dont l'air étoit fier & impérieux. Il ſembloit mépriſer les autres Bergers. Il vint à moi. Je le reçus dans mes bras. Jouons enſemble (me dit-il.) Le traître en jouant me bleſſa, ſourit & s'envola.

Alors je deſirai un bien qui m'étoit inconnu. Je devins triſte, rêveur, & je crus que d'être toujours avec Silvie, étoit ce bonheur que je cherchois en vain, par tout où elle n'étoit pas. Je courus à Silvie. Que je ressentis de plaisir en la voyant! cependant je n'étois pas entierement satisfait. Si j'en approchois je me sentois troublé. Si j'en étois éloigné je mourois d'ennui. J'étois agité près d'elle, je languissois en son absence, je la fuyois pour être plus tranquille, j'étois bien-tôt contraint de la chercher.

Un jour je me trouvai avec Silvie & la Bergere Philis, au pied d'un buisson chargé de fleurs. Une Abeille qui voltigeoit se méprit. Elle s'attacha à la joue de Philis, & lui fit une piqure. La Bergere jette un cri. L'Abeille vole. Ne crains rien, (dit aussitôt Silvie) ma chere Philis, j'ai un secret qui guérira ta blessure. Il m'en a coûté, pour l'apprendre, mon bel arc d'ivoire. Elle approche alors sa bouche de la joue de Philis. Elle dit quelques paroles mistérieuses : elle la baise, & dans le moment, par la vertu de ses paroles, ou bien plûtôt par le charme de sa bouche divine, capable de guérir tout ce qu'elle veut bien toucher, Philis ne ressentit plus de douleur.

Je n'avois pû démêler encore les sentimens de mon cœur ; mais cet instant m'éclaira. L'Amour m'inspira une ruse innocente. Je feignis qu'une Abeille venoit de me piquer. Je fis voir une douleur que je ne sentois pas. Je regardai tendrement Silvie. Mes yeux lui demanderent ma guérison.

Touchée de mes plaintes, elle s'offrit à me soulager. Je lui montrai mes lévres,

lévres, elle en approcha les ſiennes. Alors, plus ardent que le Papillon & l'Abeille, qui careſſent les premieres fleurs du Printemps, je cueillis un baiſer, j'en demandai un autre, j'exagerai ma douleur pour multiplier mes plaiſirs.

Hélas! en s'efforçant de guérir ma feinte bleſſure, Silvie rendoit plus profonde celle qu'elle avoit faite dans mon cœur. Mon trouble augmenta, mes deſirs furent plus violens. Je n'avois juſqu'alors adoré que les beaux yeux de Silvie. L'Amour m'inſtruiſit, pour augmenter mes tourmens. Je remarquai mille charmes qui ne m'avoient point frappé. Mon imagination en devinoit d'autres encore. J'y penſois ſans ceſſe, & ce n'étoit qu'avec un chagrin mortel, que je quittois ces douces rêveries, qui flattoient ma douleur, & qui entretenoient mon amour.

Pour jouir de ces aimables idées, j'errois dans nos bois; & dans la crainte d'être interrompu, je cherchois les endroits les plus déserts. Je me perdis un jour.

Après avoir parcouru une route assez difficile, je fus surpris de me trouver auprès d'un Temple magnifique que je n'avois jamais apperçû. Le frontispice étoit orné de guirlandes. L'on y voyoit un enfant qui paroissoit occupé à écrire avec la pointe d'un dard sur un marbre poli.

Je le reconnus pour celui que j'avois vû en songe. Je m'approchai; je lûs ces mots: *Je blesse, mais je guéris.*

Page 60.

JE BLESSE
MAIS
JE GUERIS

Temple de l'Amour.

Il y avoit au-dessous : *C'est le Temple de l'Amour : Fuyez profanes ; fuyez indifferens*. Mes yeux se désillerent ; je sentis que j'étois plein de ce Dieu : les portes s'ouvrirent, & je m'avançai avec confiance dans le Temple.

Un homme se présenta devant moi. Il étoit enveloppé d'un voile impénetrable. Son maintien étoit imposant. Je suis (dit-il) le Mystere. Il paroissoit garder l'entrée.

Des Nymphes couronnées de fleurs, & vêtuës d'une étoffe si légere, qu'elle disparoissoit à chaque instant, volerent près de moi. Elles étoient conduites par une Déesse dont la phisionomie riante dissipa mes ennuis. L'esperance améne toujours les desirs à sa suite.

J'apperçus les Plaisirs, mais ils étoient

éloignés. L'Impatience pleine d'agitation voltigeoit autour de moi. La Crainte au regard triste s'efforçoit de me joindre : l'Esperance l'éloignoit.

Je cherchai le Dieu, mais on ne peut l'appercevoir ; on connoît seulement qu'il est present, par les mouvemens qu'il inspire. Des peintures le representent sous une infinité de formes, toutes differentes. Il est si changeant qu'il ne se montre jamais deux fois sous la même figure.

Là, on le voit s'enchaîner aux pieds d'une simple Bergere, puis gouverner les Rois, se soumettre le Ciel, & remplir tout l'univers.

Il paroît ici tel qu'un foible enfant ; il badine, il se cache sous des lys & des roses : il prend pour sa retraite les yeux d'une tendre mortelle. Il se fait un asyle au milieu de ses joues délicates; il s'y établit avec les Ris & les Graces; il les distribue, il les place; les premiers sur des lévres vermeilles, les autres sur une gorge d'albâtre: ce sont là les autels où il aime à être adoré.

J'osai lui adresser des vœux; Silvie en étoit l'objet, & sans doute il voulut les exaucer. J'entendis le bruit d'un cors, je sortis; j'apperçus Silvie. Je m'approchai d'elle en tremblant; elle ressembloit à la sévere Diane.

Je m'étois rassuré en son absence; & je devins en la voyant plus timide que jamais. Je m'écriai dans l'émotion que je ressentois:

Amour! pourquoi donc enrichis-tu Silvie de tes bienfaits, elle qui te refuse son hommage? Tu la combles de tes présens; tu veux lui prodiguer tes plaisirs, & l'ingrate méprise ton pouvoir & tes faveurs.

Que parlez-vous, Aminte, d'hommage & de plaisirs (dit Silvie en rougissant) & quel est ce Temple? ..... Ah! (répondis-je) venez... venez avec moi remercier un Dieu, qui vous rend la plus belle des Nymphes, & moi le plus amoureux des Bergers. Non (reprit-elle) l'Amour est ennemi de la chaste Déesse, C'est un tiran inhumain; il ne cause que des maux: il est toujours occupé à surprendre les Nymphes timides.

A ces mots ce Dieu voulut se venger. La pluye, la grêle, les vents furieux, firent trembler la Forêt.

Silvie fut contrainte d'entrer dans le

Temple. Je lui fis remarquer les triomphes de l'Amour. Je la vis ſe troubler à la vûë de ces tableaux. Il ſe paſſoit en elle un combat terrible : l'Amour prenoit mon parti ; Diane s'oppoſoit à ſa victoire. Enfin, cette Déeſſe alloit l'emporter. Silvie honteuſe de ſe trouver ſeule avec moi voulut prendre la fuite, mais un coup de tonnerre la fit tomber évanoüie dans mes bras.

Dieux ! que cet inſtant favorable m'a cauſé de larmes & de ſanglots. J'ai payé ce moment de plaiſir par des années de peines & de tourmens.

Déja par mille careſſes j'avois eſſayé de ranimer Silvie. Je ne me connoiſſois plus : j'avois enlevé ſon voile. Par un pouvoir divin, mon avanture ſe peignoit ſur un des panneaux du Temple.

Les tendres, les voluptueux Plaiſirs s'approchoient confuſément, & couroient en foule pour achever leur ouvrage & mon bonheur, lorſque la jalouſe Diane fit ceſſer l'évanouiſſement de Silvie. Elle ouvrit les yeux, & ſes regards me terraſſerent à ſes pieds.

Je reconnus, mais trop tard, le crime que mon amour m'alloit faire commettre, & j'en étois trop pénetré pour oſer me juſtifier. Silvie, la cruelle Silvie, loin d'avoir égard à ma douleur, mépriſa mon repentir : elle s'éloigna en fureur. Reçois (dit-elle en me lançant ſon dard) reçois la récompenſe de ta témerité.

J'évitai ſes coups. Hélas! ce fut pour mon malheur ; l'impitoyable Diane me

Timidité d'Aminte.

réſervoit à un ſupplice éternel. Le Temple diſparut ; mais mon déſeſpoir ne me quittera jamais.

Funeſte bienſéance ! (dit Alcandre.) C'eſt toi qui t'oppoſes à nos plaiſirs? Oui, c'eſt toi qui apprend aux Bergeres à faire un art des rigueurs & de la cruauté.

Ton empire, autrefois, n'étoit point connu des mortels heureux. La nature ſeule avoit imprimé dans leurs cœurs, avec la vertu, cette loi commode : *ce qui vous plaît, vous eſt permis.* Les Amours déſarmés conduiſoient les danſes que formoient les Bergeres dans les prairies & ſur les fleurs. Les Nymphes & les Bergers folâtroient enſemble : ils ſe donnoient des baiſers, qu'ils ſçavoient, ſans rougir, rendre voluptueux & tendres. Aujourd'hui les récompenses de l'Amour paroissent des larcins. Les regards sont gênés : on ne désire pas moins, mais l'on devient plus coupables, & .....

Des plaintes vinrent en ce moment troubler le repos qui régnoit dans la retraite d'Alcandre. Il se leva. Aminte & Tirsis suivirent son exemple. Ils se laisserent guider par la voix qu'ils entendoient, & bien-tôt, dans un endroit retiré, ils apperçurent un Satire qui se plaignoit aussi de ses peines.

C'est une consolation pour les malheureux, & sur tout pour les Amans, de n'être pas seuls à se plaindre. Ils écouterent, & le Satire qui ne les avoit point apperçus, continua ainsi.

.....Mais..... faut-il s'étonner que

l'Abeille cause une douleur si vive avec un dard imperceptible ; l'Amour, plus petit que l'Abeille, fait cent fois plus de mal qu'elle. Il se cache dans les moindres espaces : à l'ombre d'une paupiere, dans des boucles de cheveux, dans ces petites fossettes que forme un doux sourire sur les joues délicates de ma Bergere. Hélas ! c'est de-là que partent des traits qu'on ne peut éviter.... Mais pourquoi me méprises-tu, ingrate Bergere ? Pourquoi, l'Amour qui ne te quitte jamais, t'épargne-t-il toujours ? Lorsque je te porte des fleurs que j'ai choisies, tu les méprises, & tu dis sans doute : mon teint me fournit des fleurs plus belles. Eh bien, je m'offre moi-même ; je me donne à toi. Pourquoi ris-tu de cette offre ? L'autre jour les

Vents retenoient leurs haleines, la Mer étoit tranquile, je m'apperçus dans ses eaux, & ce teint brun, cet air mâle, ces sourcils épais, ces pieds faits pour réünir la légereté & la force, me parurent dignes de ta beauté.

Crois-tu donc que je le céde à ces jeunes Bergers, dont les cheveux sont toujours arrangés avec soin, qui se couvrent de rubans, & qui, languissans près de toi, font dorer leurs javelots pour te plaire ? Tout leur mérite se borne à soupirer nonchalamment, & à entretenir par leur complaisance tes défauts & ton orgueil. Je ne leur ressemble point, & je suis malheureux! mais je cesserai de l'être. Chacun doit se servir des armes que la nature lui a données. Je ne sçai ni languir ni soupirer. Si les Nymphes employent contre moi leurs charmes, je me ſervirai de ma force.

Il partit auſſi-tôt comme un trait. Aminte pâlit, trembla pour Silvie. Alcandre (dit-il) ſuivons le Satire. Silvie ſeule peut lui avoir inſpiré un amour auſſi ardent. Nous n'arriverons jamais aſſez tôt pour empêcher la violence à laquelle il ſe prépare.

Que les Amans ſont à plaindre ! Ils ne voyent rien qui ne leur inſpire des ſoupçons ou des craintes.

Alcandre fit uſage de ſon art pour ſervir l'impatience d'Aminte. Un char parut. Le Berger y monta. L'Enchanteur ſouhaita qu'un voile le couvrît aux yeux des mortels. A l'inſtant une de ces nuées qui brillent de mille couleurs au coucher du Soleil, se détache des bords de l'Horison, & les Zéphirs se joignent en foule pour porter Aminte sur les traces du Satire.

Le char voloit rapidement ; mais les desirs ont-ils rien qui les égale en vîtesse? Un instant le rapproche du Satire. Alors des cris perçans se font entendre. Aminte reconnoît la voix de sa Bergere. Quel tourment ! quelle inquiétude ! Ses soupçons n'étoient que trop justes. Silvie étoit attachée à un arbre. Le Satire, que tous les feux de l'amour sembloient dévorer, alloit se porter aux plus violens emportemens. Mais le Berger furieux lance son dard : frappe le Satire, & le met en fuite.

Le Monstre emporte avec lui le javelot d'Aminte, & le trait dont l'Amour

Silene délivrée du Satire.

l'avoit bleſſé. Que l'un eſt bien plus difficile à guérir que l'autre !

Aminte, victorieux, ſe proſterna aux pieds de Silvie. L'amour qui n'eſt pas ſatisfait, eſt timide & reſpectueux. Il lui exprimoit par ſes ſeuls regards ſon ardeur, ſes deſirs & ſa timidité. Il demandoit, & n'oſoit lui parler.

C'eſt de toi ſeul, Amour, qu'on apprend l'art d'aimer. Tu donnes à qui il te plaît cette éloquence touchante, qui ſeule a droit de perſuader. Un diſcours embarraſſé, des paroles entrecoupées, un ſoupir, un regard, voilà le langage du cœur, il s'entend bien mieux qu'un diſcours arrangé avec art. Dans un Amant bien tendre, le ſilence même prie, & demande, ce qu'en parlant il n'oſe deſirer.

Cependant le Berger jouissoit, aux pieds de Silvie, d'un bonheur qu'il ne devoit qu'à son rival. Le Satire avoit emporté le voile qui s'opposoit à ses desirs. Aminte parcouroit d'un œil avide des beautés que la fortune mettoit en sa puissance en dépit de Silvie.

La Bergere baissoit les yeux. Elle tâchoit, en penchant sa tête, de cacher une partie de son sein; mais sa respiration vive & entrecoupée, donnoit à cette gorge d'albâtre une grace nouvelle. Elle s'en apperçut sans doute, elle en rougit, & le Berger vit cette marque de la pudeur de Silvie, se répandre sur tout son corps, & l'embellir davantage.

Il s'approcha pour la débarrasser des liens qui la retenoient. Il étoit hors de lui-même.

lui-même. Il chancela. Ses mains tremblantes s'appuyerent, sans son aveu, sur Silvie, qui pleura de honte & de fierté. Cruelle (lui dit-il d'une voix mal assurée) peux-tu donc me faire un crime du bonheur que le hazard me procure!

Silvie ne répondoit rien. Elle se penchoit davantage, mais ses cheveux embarrassés la retenoient, & sembloient favoriser Aminte.

Cependant il dénoua ses tresses blondes. On lisoit dans les yeux du Berger ses desirs, & la crainte qu'il avoit de déplaire à Silvie, ses mains se refusoient à ce qu'il éxigeoit d'elles. Son visage étoit en feu. Il auroit voulu ne la point détacher, il souffroit de la voir interdite & honteuse.

Enfin il délia ses mains, & il osa prendre un baiser pour récompense. Alors la cruelle Bergere s'écria d'un ton imposant : Berger, garde-toi de me toucher, j'appartiens à Diane. A l'instant elle brisa ce qui la retenoit encore, & prenant la fuite, elle s'éloigna comme une Biche légere.

Aminte se repentit de n'avoir pas profité du bonheur que le hazard (disoit-il) venoit de lui offrir, mais il se trompoit, ce n'étoit pas le hazard. L'Amour seul avoit arrangé tous ces événemens. Il vouloit toucher Silvie par la reconnoissance, il vouloit enhardir Aminte. Il ne réussit point encore. Aminte timide & sans expérience, laissa échapper l'occasion qui ne cherche qu'à fuir, & Silvie en devint plus cruelle.

L'Amour irrité s'éloigna pour quelques momens, & le Berger malheureux ſe livra à la triſteſſe & au déſeſpoir, reſſource inutile, mais trop ordinaire à ceux que la douleur accable.

SILVIE,

TROISIEME PARTIE.

DANS une Caverne obſcure de l'Iſle de Lemnos, eſt un Atelier ſombre, où le boiteux Vulcain, noirci par la fumée, & le front moite de ſueur, forge les armes differentes des Dieux.

C'eſt-là que l'Amour vole. Il entre d'un air impérieux, pour ſe choiſir un dard qui puiſſe bleſſer le cœur de Silvie.

Le Maître des Ciclopes ſourit, en voyant voltiger autour de lui ce Dieu, qu'il devroit déteſter, s'il ſe reſſouvenoit de Mars & d'Adonis.

Il étend ſes bras rudes & nerveux; & ſans s'embarraſſer ſi ſes careſſes peuvent offenſer les joues délicates de l'aimable enfant de Cythere, il l'embraſſe. L'Amour accablé des tendreſſes paternelles, dérange les cheveux hériſſés qui le bleſſent; & pour ne pas noircir ſon voile, il eſſuye avec le tablier même de Vulcain, l'eau qui coule par ſes rides, & qui inonde ſon viſage.

Mon pere, il me faut (dit-il) une Fléche de la trempe la plus fine. Je ſuis irrité. Surpaſſez-vous dans cet ouvrage: je vais reſter ici ſoumis à vos or-

Antre de Vulcain.

dres ; j'allumerai de mes aîles le feu de vos fourneaux.

Vulcain travailloit alors à l'Egide de Pallas. Il abandonna ce respectable ouvrage. La Sagesse n'est-elle pas obligée de céder quelquefois aux caprices de l'Amour ?

Le Dieu de Lemnos ne perdit point un instant : Il choisit, & forgea sa meilleure lame ; & l'Amour attentif versa sur la pointe une liqueur douce, dont l'effet est certain. Il arme de ce fer une fléche légere. Il place à son extrémité deux plumes qu'il arrache de ses aîles ; & se levant sans remercier Vulcain, il met tout en désordre dans son Atelier.

Monstres noirs & brûlés (dit-il) que vos coups sont peu redoutables ! C'est de moi qu'il faut apprendre à frapper.

Et toi, Vulcain, que deviennent tes feux auprès de ce flambleau ?

Il apperçut en ce moment le Foudre de Jupiter, il le prit, & s'en joua. Dieu de l'Olimpe, tu brises les montagnes, moi je blesse les cœurs ; tu te fais craindre des mortels, & je les force à s'aimer.

Voyons (dit-il encore) si les Armes du Dieu de la Guerre sont impénétrables. Il perça d'un seul trait le bouclier & la cuirasse de Mars. Vulcain, tu n'as rien ici qui puisse me résister : A ces mots il s'envole, & reprend le chemin du Hameau.

Il arrive : il cherche Silvie. Un bruit tumultueux se fait entendre. Il voit le Hameau rassemblé dans une Prairie, qu'enferme de tous côtés la forêt de Diane. Tout y étoit préparé pour les jeux, & le ſacrifice qui devoit terminer la fête de la chaſte Déeſſe. Le Grand Prêtre tenoit le coûteau ſacré, prêt à frapper une Géniſſe blanche. Les Bergers attentifs avoient les yeux fixés ſur l'autel ; & les Bergeres qui perdoient pendant ce moment des regards & des ſoins, attendoient impatiemment, pour reprendre leurs droits, la fin du ſacrifice.

Un Berger fendit la preſſe, & demanda d'être écouté. Alors un murmure s'éleve ; la cérémonie eſt interrompue : chacun curieux de l'entendre s'approche.

Je viens (dit-il) d'être témoin d'un malheur affreux. Je paſſois près de ce rocher, qui couvre l'antre de l'Aurore ; j'accourois pour joindre mon hommage aux vôtres. Aminte étoit ſur le ſommet. Philene (m'a-t-il dit) Silvie vient de périr, je ne puis en douter; j'ai trouvé son voile: il est teint de sang. Ah! malgré sa cruauté, je ne puis lui survivre. A ces mots il s'est précipité. Hâtons-nous de le secourir, s'il en est temps encore.

A ce récit, Silvie émuë, sentit troubler pour la premiere fois la tranquillité qui régnoit dans son cœur. Tous les Bergers porterent les yeux sur elle. Chaque regard lui parut un reproche. Elle en fut interdite & confuse. Le souvenir de la douce amitié qui l'unissoit autrefois à Aminte, lui fit verser des larmes. Son ingratitude mit le comble à ses remords.

L'Amour qui la vit s'attendrir, battit des aîles, & s'élevant d'un air victorieux: voici (dit-il) enfin l'instant de mon triomphe. Malheureux Berger, cette fléche va faire ton bonheur & ma vengeance. Il lance aussi-tôt le trait fatal; il vole : rien ne peut l'arrêter dans sa course rapide. Il frappe. Diane même n'auroit osé le parer.

Silvie sentit le coup : elle gémit, sans connoître encore combien étoit profonde la blessure. Quoi (dit-elle) je suis cause de la mort d'un Berger, à qui je dois & l'honneur & la vie ? .. Elle ne put en dire davantage. Elle courut avec tout le Hameau, vers l'antre de l'Aurore. Bien-tôt elle passa dans sa course tous les Bergers. L'Amour qui voloit rapidement, ne pouvoit la devancer.

Cependant Aminte cherchoit déja sur les rives de l'Acheron sa cruelle Bergere. Il se plaignoit de ne l'avoir pas suivie assez promptement. Il erroit, & demandoit à toutes les Ombres, *où est Silvie?*

Dans ce moment, un charme inconnu l'arrête. Jamais rien de si doux ne l'avoit encore émû. Il est entraîné. Il retourne sur ses pas. En vain Caron l'appelle. Les caresses de Silvie sont plus fortes que les menaces de l'avare Battelier. Les transports de la tendre Bergere le ramènent victorieux des Parques. Il ouvrit la paupiere. Il apperçut Silvie. Il souhaita de ne la plus quitter. Pour elle, elle sembloit vouloir l'animer. Tiens, (lui disoit-elle en l'embrassant avec ardeur) tu m'as dit cent fois que je pouvois te donner la vie, reçois-la donc, ou que je partage la mort qui peut m'unir à toi.

Triomphe de l'Amour.

[illegible]

[illegible]

[illegible]

[illegible]

Aminte l'entendit. Il obéit. Il chercha ſon ame ſur les lévres de Silvie. Il la trouva mêlée avec la ſienne. De ce moment ils furent animés l'un par l'autre.

Le puiſſant Alcandre accourut pour ſecourir Aminte. L'Amour l'avoit prévenu. Il enveloppa ces heureux amans d'un nuage. Ils ne virent plus qu'eux ſeuls dans toute la nature.

Leurs tranſports peuvent-ils s'imaginer ? Ces tendres Amans ne parloient point. Ils s'entendoient cependant. Ils ſe répondoient. Ils liſoient dans leurs cœurs les mouvemens dont ils étoient agités, & ces mouvemens n'étoient que les expreſſions rapides de leur amour & de leur félicité......

Ce ſeroit affoiblir, que de vouloir

peindre ce que l'on conçoit à peine.

Aminte apprit, lorſque ſes tranſports le lui permirent, que le voile qu'il avoit trouvé étoit celui qu'avoit emporté le Satire. Il s'en étoit ſervi pour étancher ſon ſang. Il ſçut encore, pour combler ſon bonheur, qu'Hellenie venoit d'apporter à Alcandre ſa grace. Le ſage Enchanteur exigea que leur mariage ſe fît dans ſa charmante demeure. Les Génies ſoumis à ſes ordres firent de leur mieux pour l'embellir; mais les Plaiſirs & l'Amour, que ces heureux Amans avoient fixés près d'eux, l'ornerent bien davantage.

FIN.

www.ingramcontent.com/pod-product-compliance
Lightning Source LLC
LaVergne TN
LVHW020033170826
845678LV00001B/228